L'ENFER DE L'ADVOCAT DE MONTAVBAN.

A tous les Parlemens de France.

A vous Tuteurs des Rois, Oracles de Themis,
Inflexibles Senats, l'effroy des ennemis,
Pour mon Prince offencé ie demande vengeance
Contre le plus meschant qui soit en l'Vniuers,
Qui fuyant les esclairs des Iuges de la France
N'eschappera iamais le foudre de mes vers.

VIe foüette tes flancs pour r'éueiller ta rage,
Damne, condamne tout, tonne, estonne, sac-
cage,
Mon encre soit de sang, & ma plume de fer,
Que i'horrible en ces vers vn formidable Enfer,
Pour y plonger viuant le plus abominable
Qui soit dessouz les Cieux, vn rebelle execrable,
Vn perfide vassal qui déchire en ses vers
L'hôneur du plus grand Roy qui soit en l'Vniuers

A

De mon braue L o v i s, l'Ame de la vaillance,
L'Alcide acrauanteur des monſtres de la France,
Le pourtraict racourcy des Roys plus accomplys,
La terreur des mutins, l'honneur des fleurs de Lys,
Les delices du Ciel, les Amours de la terre,
L'Oliue de la paix, le foudre de la guerre,
L'Arc-boutant de la Foy, l'eſpoir des bons François
Le grand reſtaurateur de l'Egliſe & des Loys,
Et le plus iuſte Roy qui porta iamais Sceptre.
O grand Dieu que fait donc ta iuſticiere dextre
Oyſiue dans ton ſein, pourquoy n'abiſmes-tu
Cet ennemy iuré de la meſme vertu?
Tu ne ſerois iamais mieux employer ton foudre
Qu'à broyer cet ingrat & le reduire en poudre,
Soleil, ne luy fay plus ta lumiere ſentir,
Terre, creue tes flancs afin de l'engloutir,
Pleune l'air deſſus luy les eſclairs & les ſouffres,
Tombe le feu du Ciel, ouure l'Enfer ſes gouffres,
Que la Mer ſe deſborde afin de l'abiſmer,
Bref, ô Enfer, Soleil, Air, Feu, Ciel, Terre, Mer,
Bourrelle, offuſque, tuë, embraze, engouffre,
     abiſme
Ce deſloyal ſubjet, dont l'effroyable crime
Fait dreſſer les cheueux à ceux qui vrais François,
Portent au cœur graué le ſaint nom de nos Roys.
France, aurois-tu porté ce ſerpent dans ton vêtre?
Non, ce monſtre eſt ſorty du Plutonique centre,
C'eſt l'Ante-chriſt conçeu au ſein de Lucifer
Du ſale accouplement d'vne rage d'Enfer,
Le venim d'Aſecton, l'eſcume de Cerbere,
Ou bien, quand diſtilloit au giron de Megere
Le ſang de Rauaillac : vn Incube (ie croy)

En incarna ce Diable ennemy de mon Roy,
Le couteau du premier au Pere osta la vie,
La plume du second auiourd'huy par enuie
Veut arracher du fils & la vie & l'honneur,
Honneur, le diamant, la gloire, la splendeur,
L'aigrette, le pannache, & le brillant des Princes.
    Pourrez-vous donc souffrir Catholiques Pro-
        uinces
Diffamer vostre Roy, vn traistre iniurieux
L'appelle en ses escrits, *Double*, *Fallacieux*,
Infidelle, *Tiran*, *Trompeur*, & *Sanguinaire*!
Brullez, brisez, broyez, boüillez ce temeraire,
Pour son crime il n'est point d'assez griefs tour-
        ments,
Iuges, les Dieux du monde, Augustes Parlements,
Splendides Magistrats, ces horreurs nompareilles
N'ont encores frappé vos prudentes oreilles,
Ces relantes vapeurs n'ont monté iusqu'à vous,
Ces blasphemes secrets pullulant parmy nous
N'ont encor approché de vos pourpres Royalles,
Vous aymez trop mon Roy, & vos ames loyalles
Ne souffriront iamais que ces vassaux ingrats
Des-honorent le chef dont vous estes le bras,
Vous estes le bras droict de ceste Monarchie,
Mais, mon Prince est le cœur qui vous donne la
        vie,
Le chef qui vous anime, & l'Astre des honneurs
De qui vous empruntez vos plus viues splendeurs.
    Mais, ie reuiens à toy Rimeur à la douzaine,
De quel bourbier iaillit ta sacrilege veine?
Quel enragé Demon possede tes esprits?
Iamais d'vn feu Diuin ton cœur ne fut épris,
                        A ij

Ton vers ne coule point de ces sources limpides
Qui tombent du sommet des Rochers Pegazides,
Ton Pegaze est le Stix, ton Phœbus vn bourreau,
Ta Muse vne fureur, ton Laurier vn cordeau,
Mont-faucon ton Parnasse, ou les chiens de voirie
Rongeront carnaciers ta charongne pourrie,
Ou croassants Corbeaux tes obseques diront
Et ton ame maudite aux Enfers conduiront.
 Lors que tu affilois ta langue serpentine
Pour blesser en ton Roy la Majesté Diuine,
Et que tu vomissois tes blasphémes peruers:
Craignois-tu point qu'vn iour le Roy de l'Vniuers
Voyant sa viue Image icy bas outragée
Du mordicant prurit de ta verue enragée
N'escarboüillât ton chef d'vn tonnerre grondant?
Où qu'vn docte escriuain, mieux que toy s'enten-
      dant
Aux Concers mesurez dont les neuf Pimpleades
Font Pinde resonner durant leurs serenades
Ne te fit repentir de ta temerité ?
Tremble infame poltron, heretique effronté,
Qu'il t'aduienne lisant ce furieux yambe
Ce que jadis aduint au malheureux Lycambe
Qui les vers d'Archiloq ayant leu, se pendit;
Pens-toy desesperé, que le iour soit maudit
Qui t'a iamais veu naistre, & maudite la mere
Qui porta dans ses flancs vn si cruel vipere.
 Que t'a fait ce bon Roy, dénaturé François?
Que trouues-tu d'iniuste en ses Royalles loix?
S'il veut que tout son peuple à luy seul obeysse,
S'il ne peut voir sa France ainsi que la Suisse
Par cantons diuisée, a t'il pas bien raison ?

Vn chacun ce me semble est maistre en sa maison.

   Mais, ces crapaux enflez, ces enfans du tonnerre,
Quels pretextes ont ils de luy faire la guerre?
Et pourquoy tant de fois auant ces remuëments
Se sont-ils assemblez sans ses commandements?
Ont-ils esleu des chefs fortifié ses villes?
Baillé Commissions, & fait actes hostiles?

   Alexandre le grand disoit que deux pareils
Ne se pouuoyent souffrir non plus que deux So-
     leils;
Et qu'vn Roy suffisoit pour gouuerner le monde
Comme pour l'esclairer suffit la torche blonde
De l'vnique Apollon: ce pendant mon grand Roy
Capable de regir cent peuples souz sa Loy,
Permettra ses vassaux partager son Royaume!
Ce ne fut pas l'aduis du bon maistre Guillaume.
Quand Monsieur son Amy, la perle des Guerriers
(Pour qui France iamais n'eust assez de Lauriers)
Permit pour quelque cause à luy seul reseruée
Couronner l'heretique, & donna main leuée
A ces pestes d'Estat, qui temerairement
Se disoyent les degrez de son aduancement,
Les nefs de sa fortune, & que leur force extresme
Luy mettoit sur le front le Royal Diadesme.

   Incomparable orgueil, grossiere absurdité!
Non, non le Roy des Roys, qui à sa volonté
Gouuerne Souuerain tous les sceptres du monde,
Qui balotte en ses mains comme vne boule ronde
L'Empire des mortels, & dont les propres doigts
Seuls ourdissent la vie & les destins des Rois,
Faché qu'vn si grand Roy, vn si braue courage
Croûpissoit si long-temps dans le libertinage,

Afin d'illuminer les yeux de ſa raiſon,
Et pour le deliurer de ceſte orde priſon,
Enflama tout ſoudain ſa guerriere poictrine
Du feu inſpiratif de la grace Diuine,
Lors quittant l'hereſie & ſes trompeurs appas,
L'Egliſe le reçoit, France luy tend les bras,
L'on croiſe les fleurets, Villes & places fortes
Chantent VIVE LE ROY, & luy ouurent les
    portes,
Ainſi n'y euſt iamais que ſa conuerſion
Qui conduit ce grand œuure à ſa perfection.
    Bien loing d'eſtre obligé à ces demoniacles
Ils ont eſté dix ans les malheureux obſtacles
Oppoſez à ſa gloire, & ſans ſes obſtinez
Il euſt dix ans pluſtoſt les François gouuernez.
    O Manes qui giſez dans ce Royal ſepulchre
Grand Roy qui n'euz iamais que l'honneur pour
    ton lucre,
Ton ame, dans le Ciel maintenant peut bien voir
(Puis qu'on void tout en Dieu comme en vn beau
    miroir)
Combien le Caluiniſte infernalle furie
Faict pleuuoir de malheurs ſur ta chere patrie,
Combien nous vient de maux pour auoir en ton
    ſein
Trop tendrement nourry ce ſerpent inhumain.
    De ce qu'il ta preſté nous payons bien la ſomme,
Ce ver que tu laiſſas dans le cœur de la pomme
La ronge maintenant, ces ieunes louueteaux
Tes entrailles voudroient deſchirer a morceaux,
Ce feu que tu permis ſi loin iadis ſepandre
Veut mettre tes enfans & ton Empire en cendre,

Ce venim a def-ja rauagé tout le corps,
Ces geants terre-nez nourris dans les difcords
Sentent def-ja fi haut leurs maffes paruenuës:
Que f'ils ne font bien toft affommez dans les nuës
De leur ambition, où fi le bras de Dieu
(Seule clef de la voufte, & l'immobile effieu
Sur qui roule des Roys les fortunes fublimes)
Ne faict a ces mutins mefurer les abifmes:
Nous feruirons bien toft de proye a l'Eftranger.
   Sacrée Majefté deftourne ce danger,
Mon Hercule, mon Mars, mon Ajax, mon Pélée,
Cefte affreufe harpie à tes pieds foit foulée,
C'eft de toy que la France implore fon fecours,
L'heretique blafard qui explique a rebours
La parole de Dieu & qui en fa maniere
L'allonge & l'accourcit a mode d'eftriuiere,
Qui la met à la gehenne & l'accufe de faux,
Qui prophane f'en fert de felle à tous cheuaux,
Qui la tire à cheueux qui l'habille en fa guife,
Bref, qui veut effronté l'Efcriture & l'Eglife
Regler fur le compas de fon efprit tortu:
Feignant de courtifer la morale vertu
Afin d'attirer mieux les fimples à la trape:
Boule-uerfe la Foy, met l'Eglife à la fape,
Fait fauter les Autels, poluë les fainéts lieux,
Vierges, Preftres corrompt, fecouë imperieux
Les plus vieux fondements des Eftats Monarchi-
     ques,
Embrafe le Citez, fubuertit Republiques,
Seme guerres, difcords, caballes, factious,
Ligues, & attentats, mille Religions
Introduit pour la vraye, en nouueautez abonde,

Et tout difforme veut reformer tout le monde,
Regner quoy qu'il en foit, preferant Apoſtat,
Aux preceptes de Dieu les maximes d'Eſtat.
Delà, eſt la grand' porte ouuerte à l'atheiſme,
Delà, l'impieté, l'infolence, le ſciſme,
Le luxe, le deſbord, l'abrogement des Loix,
Le rabais de Iuſtice, & le meſpris des Rois,
Voila les beaux exploicts de ces ames caphardes,
Et les fruicts venimeux de ces plantes baſtardes.

    Mais ie te pri' dy moy bel Aduocat de foin,
(Car la ſaincte Themis n'a iamais eu le ſoin
D'vne ame ſi peruerſe, vne Louue cruelle
Te donna dans les bois ſa ſanglante mamelle)
Dy moy, diſ-je, impudent qui cauſe tes clameurs?
Qui iette en ton eſprit ces paniques terreurs?
Qui t'a enforcelé quelle ardeur maniaque
Detraque ta raiſon hors de ſon zodiaque?
Tu as peur de ton ombre, & tu crains que rendant
Les villes que tu tiens, les noſtres eſpandant
Ton ſang ſur les gaſons: d'vne main vainquereſſe
Par force ou par amour te trainent à la Meſſe.

    Mais regarde inſenſé nos villes, où les tiens
Ne ſont pas les plus forts, diras-tu qu'en leurs
      biens,
Corps, familles, honneurs, ils ſouffrent de l'eſclan-
      dre?
Si quelques auollez ont ozé entre-prendre
De troubler leur repos, auſſi toſt n'ont-ils pas
Veu fondre ſur leurs chefs la main des Magiſtrats,
Et ces perturbateurs qui s'ingeroyent de faire
La moiſſon auant l'Aouſt, ſouffrir mort exemplai-
      re?

Le temps fera venir toute chofe à fon poinct,
Auant les raifins meurs vandanger ne faut point,
Puis ja trop de pays rauage ceste Laye
Il eſt bien mal aiſé de farcler cefte yuraye
Sans arracher le bled : mais de Dieu Souuerain,
Le bras la peut confondre à moins d'vn tourne-
　　main,
L'herefie à fon terme, & fes fuperbes cornes
S'efcraferont au choc de fes fatales bornes,
Ià foible elle chancelle & tremblante voit-on
Cefte vieille Baucis n'aller plus qu'au bafton,
Ne nager que d'vn bras, ne battre que d'vn aifle,
Toufiours au quart, au guet, foubçonneufe en cer-
　　uelle,
Qui ne fçait plus(voyant fon declin approcher)
De quel bois faire flefche, ou de quel pied clocher.
　　Le mal eſt en fa crife, & les Anges fuprefmes
Ne fçauroyent plus fouffrir ces horribles blafphe-
　　mes,
L'air en iette des pleurs, les Cieux en ont horreur,
La terre n'en peut plus fouffrir la puanteur,
Que fera t'elle donc fi le Ciel & la terre
Se bandent auiourd'huy pour luy faire la guerre?
　　Toutes-fois il ne faut Catholiques François
Courir fus à ce monſtre & le mettre aux abbois,
C'eſt dequoy ie vous veux aduertir dans ces car-
　　mes,
Ie parle pour ceux-là qui n'ont leué les armes
Conte fa Majefté (bien que traiftres pourtant
Les rebelles fous-main vont encor affiftant)
Laiffons les commencer, ou plutoſt à mains jointes
Importunons le Ciel de charitables plaintes,

Prions Dieu que bien toſt il les vueille inſpirer,
Qu'il ne permette plus ſon ſainct nom deſchirer
Par ces mal-aduiſez, afin qu'en cet Empire
Chacun d'vn meſme cœur vn meſme Dieu reſpire,
Que la France n'ait plus qu'vne Foy, qu'vne Loy,
Qu'vn Bapteſme, qu'vn Dieu, qu'vne Egliſe, qu'vn
    Roy,
Et que tous reünis dans nos temples antiques
Nous facions iuſqu'au Ciel retentir nos Cantiques
Ou, ſi ces furieux foulent ſa grace aux pieds,
Qu'ils ſoyent en vn clin d'œil d'vn foudre eſtro-
    piez,
Le Ciel vengeur ſe fende & de rouges tempeſtes
Creue ſoudain ce hydre aux renaiſſantes teſtes.
    Mais les ſeditieux qui ſe ſont ſouſleuez,
Qui veulent obliger à leurs conſeils priuez
Des Monarques François la puiſſance abſoluë,
Qui oſent (tant l'orgueil leur a bandé la veuë)
Appeller Dieu fauteur de leurs rebellions :
Ce ſont ceux-là mon Roy qu'il faut à milions
Terraſſer à tes pieds, fait leur mordre la terre,
Que ces chiens enragez qui te liurent la guerre
Redoutent à iamais l'aigreur de ton courroux,
Se trainent ſur le ventre, & tous nuds, à genoux,
Les yeux cauez de pleurs, ces ames deſloyalles
Viennent toſt implorer tes clemences Royalles,
Et t'apportant les clefs des villes deſormais
Que ces Cameleons ny commandent iamais ,
Ces renards de Sanſon cerchent d'autres taſnieres
Et qu'haſardant leur vie aux ondes marinieres
Au de là du Iapon à iamais releguez
Traittent comme ils voudront les pays ſubiuguez,

Que s'ils osent heurter ta belliqueuse armée,
Et qu'au prix de son sang ta noblesse animée
Les surmonte de force, il les faut sans mercy
Enuoyer aux cachots du Royaume noircy
Que de ces reuoltez le sang par tout ruisselle,
Qu'il ne reste sur pieds nulle ville infidele,
Qu'on die à l'aduenir, apres l'arriere-ban,
Icy fut la Rochelle, & là fut Montauban.

Que le coutre à iamais les guerets en défriche,
Ouy, Monarque il te faut monstrer vn peu plus
    chiche
De ta grande Clemence enuers ces vagabons,
Estant bon aux meschans, l'on est meschant aux
    bons,
Car l'extresme Vertu en vice desgénere,
La Clemence est aux Rois la Lune qui tempere
Les troubles de l'esprit, il est vray: mais pourtant,
Comme le temps n'est rien qu'vn impatible instant
Les parfaictes Vertus ont vn point d'excellence
Qu'ils ne peuuent iamais exceder, sans offence
De leur integrité: il faut estre Clement,
Mais Iustice imployable en tout gouuernement
Veut tenir le haut bout, est-il pas vray ô SIRE
Que si tu n'eusses point espargné en ton ire
Les rebelles vaincus de sainct Iean d'Angely,
Clerac n'eust point tenu, Montauban eust pally
A l'effroyable abbord de tes Royalles armes,
Soubize n'auroit point ietté de ses gens-darmes
Iusqu'aux faux-bourgs de Nante, & jà les Rochel-
    lois
Peut-estre se seroyent enrollez sous tes loix.

Sur tout, que la pitié de nos peines nombreuses

A iamais ne t'oblige à des caufes honteufes,
A vne infame Paix, que iamais tel affront
Le traiftre ne nous puiffe imprimer fur le front,
Nous n'auons rien plus cher que ta gloire , mon
     braue,
Le François ayme mieux fe voir toufiours efclaue
Et de cent coups mortels l'eftomach trauerfé
Que ton loz tant foit peu y foit intereffé,
Les fiecles a venir que diroyent-ils mon Prince?
Que la lie & le fon d'vne ingratte Prouince
T'auroit donné la Loy, & apres tant d'affaux
Contrainct de demander la Paix à tes vaffaux.
    C'eft dommage , grand Roy, que ce peuple fu-
     perbe
Ne fut victorieux, il feroit croiftre l'herbe
Aux marchez populeux de nos riches Citez,
Bien toft feroit la France en feu de tous coftez ,
Les oyfeaux fe paiftroyét de nos chairs maffacréés
Les riuieres de fang regorgeroyent pourprées,
Il faudroit inuenter des fupplices nouueaux,
Euocquer des Enfers les plus rudes bourreaux,
Adieu la Monarchie, & ta guerriere dextre
Pourroit bien conquefter ailleurs vn autre fceptré
La France n'auroit tant de temples que de loix,
De teftes que d'auis, de villes que de Rois.
    Ie ne veux pour tefmoins que les places rebelles
Ou de ces vipereaux les vengeances cruelles
Feroient trembler d'horreur les demons furieux,
Le Catholique à peine oze y leuer les yeux,
L'Hebreu ne fut iamais tant efclaue en Egypte,
Le Nomade, le Turc, le Gelon, & le Scithe
Ne font point fi cruels , & puis ces Leftrigons

Se difent reformez ? ô tigres ! ô dragons !
Helas ! combien de fois vos fanglantes furies
De nos temples facrez ont fait des boucheries,
Le fang y fume encor, & fans verfer des pleurs,
Ie n'en peux dans ces vers exprimer les malheurs,
Malheurs qui par le temps s'oubliroyent en nos
     ames,
Si vous n'en r'alumiez les homicides flames.
  Quoy ? fecoüer le ioug des Monarques puiffans,
Mefurer voftre Foy à l'aune de vos fens,
Vous dôner tout en proye aux charnelles delices,
Violer nos tombeaux, dérober nos calices,
Fouler l'hoftie aux pieds, enfonçer inhumains
Au fang des innocents vos fratricides mains
Et médire des Rois d'vne rage animée
Appellez vous cela Eglife Reformée ?
  Vous nous reprocherez la fainct Barthelemy,
Mais ce brazier ne fut allumé qu'à demy,
C'eftoit lors que deuoit & que pouuoitla France
Exterminer ce monftre au poinct de fa naiffance,
Ce feu deuoit f'efteindre auantqu'il fut plusgrand
Par trop flater la playe incurable on la rend,
La moiffon, dira-t'on n'eftoit pas encor meure,
Si falloit-il ce chancre amputer de bonne heure,
Il n'auroit pas gaigné les membres principaux.
  Mais tu n'es pas encor au bout de tes trauaux
Aduocat endiablé, fus bourrelles furies
Redoublez vos horreurs & vos forceneries,
Mufe, retire toy, tes difcours font trop doux
Pour baftir vn Enfer : Rages où eftes vous ?
Empoignez ce mefchant de vos ronges tenailles,
Arrachez luy les yeux, deuorez fes entrailles,

Tronçonnez luy langue en cent morceaux espars,
Faictes luy ruisseler le sang de toutes parts,
Qu'engouffié dans le souffre, ensouffié dans le
        gouffre,
Seul de tous les damnez les supplices il souffre,
Et qu'à iamais maudit : son crime detesté
Semble prodigieux à la posterité.
   Toutesfois seroit bon pour retenir en crainte
Toute ame qui seroit de ce venim atteinte
Et pour seruir d'exemple à tels seditieux:
Qu'au monde il commençat son Enfer furieux.
   Sus donc à ce felon Iuges incorruptibles
Des horribles tourmens pour ses crimes horribles,
Soit escorché tout vif, soit trainé sur la clef,
Qu'on luy brise les os, qu'on luy flambe le chef,
Qu'on luy couppe la main dont il tenoit la plume,
Qu'on le tire à cheuaux, qu'vn grand feu l'on al-
        lume:
Pour son procez & luy en cendre consommer,
Et pour le souuenir à iamais abismer
D'vn attentat si grand, la cendre au vent iettée
Soit par quelque Demon aux enfers emportée.

FIN.

EPITAPHE

De l'Aduocat de Montauban, & autres médifans de fa Cabale.

CEs corbeaux nourris au carnage
Fondent fur l'honneur de mon Roy,
Ces chiens maftins faifis de rage
Mordent les pilliers de la Foy,
Ces loups d'vne gueulle affamée
Vont déchirant la renommée
Des Princes dedans les tombeaux :
Faut-il donc pas que les entrailles
Des loups, des chiens, & des corbeaux
Soyent les tombeaux de ces canailles ?